Annette Rosenberger

Sterntaler
und
Bomboli

Sterntaler und Bomboli

Titelbild: Elisa Rosenberger
Buchgestaltung und Illustrationen:
© Anna Dorb – Bad Reichenhall
www.anna-dorb.de

Bibliografische Information der Deutschen Nationalbibliothek:
Die Deutsche Nationalbibliothek verzeichnet diese Publikation
in der Deutschen Nationalbibliothek;
detaillierte bibliografische Daten sind im Internet
über: http://dnb.d-nb.de abrufbar.

Herstellung und Verlag:
BoD-Books on Demand, Norderstedt
ISBN: 978-3-7322-8930-1

Vorwort

„Das Ziel des Lebens ist das Leben selbst."

(Samuel Beckett)

Meine Texte sind einfache Beobachtungen, Erlebnisse und Fantasiegeschichten.

Dankbar bin ich meinen Eltern und der ganzen Großfamilie für eine wohlbehütete Kindheit, die eine gute Grundlage für das Leben ist. Auch in schwierigen Zeiten.

In letzter Zeit träumte ich von einem Buch, das meine ‚Werke' vereint und lesbar macht.

Herzlich danke ich allen, die mir dazu Mut gemacht haben und allen, die mir tatkräftig geholfen haben bei der praktischen Umsetzung meines Traumes!

Annette Rosenberger
Fürstenfeldbruck, im Dezember 2013

Inhalt:

Reise auf dem Elefant 7

Das Zeitziel 8

Ungestört 11

Fürstenfeldbruck 12

Amalia-Vogel 14

Behütet 16

Nur für einen Tag 20

Geräuschlos 26

Schlangen sind nicht jedermanns Sache 28

Bomboli 30

Der große Wertstoffhof 32

Sterntaler 33

Seiltänzerin 35

Der Wind und das Meer 36

Tiger-Liebe 38

Wie Elisa auf den Hund kam 40

Hunde-Käuzchen 42

Telefon und Handy 45

Geheimnisvoll 46

Der Flughafen 48

Das Rad der Zeit 50

Erinnerungspuzzle: Donau-Radweg 52

Kalender-Zahlen 56

Hebammensätze 58

Geschenkpäckchen 60

Morgengedanken im Oktober 61

Fantasie-Leben 62

Winterreise mit der Bahn 64

Der Zeit-Besitzer 66

Tiere willkommen 68

Die Leichtigkeit des Seins 70

LA ALHAMBRA – Granada 72

Inmitten von Mitmenschen 74

Meerestiefen und Menschenherzen 78

Wiesengespräch 80

Eine seltsame Unterhaltung 82

Zwei Paar Schuh' 86

O mein Papa 88

Die Ausreißerin 90

Stillstand 93

Meine Familie 95

Reise auf dem Elefant

O, denke ich mir, wie elegant!
Eine Reise auf einem Elefant?
Ist das das neue Reisen ‚Erster Klasse',
zu sitzen auf einer Untertasse?
Wo muss man da suchen?
Kann man über das Internet buchen?

Man darf nicht seekrank werden,
sonst wird es kein Glück auf Erden!
Ein Elefant hält das Tempo
eines Reitpferds nicht ein.
Weit kann das Reiseziel nicht sein!
Das sieht man auch:
Zwei Taschen bloß!
Der Aufwand ist dann nicht so groß!

Vielleicht kann man bei heißer Sonne
die Füße am Grund der Tasse
ins Wasser tauchen,
damit sie vor Hitze nicht so rauchen!?

Das Paar reist sehr entspannt –
Geschwindigkeitsrausch?
völlig unbekannt!
Stress und Stau sind auch tabu,
so müsste man Urlaub machen!

Oder wie denkst Du?

Das Zeitziel

Das Navigationsgerät spricht es so leicht:
„Sie haben Ihr Ziel erreicht!"

1 Tag
24 Stunden
1440 Minuten
86400 Sekunden
Was für ein Meer an Zeit!

Gib einen guten Teil aus für erholsamen Schlaf,
dann funktioniert dein Körper brav!
Einen Großteil der Zeit nimmt Berufsarbeit ein;
der Weg hin und her muss auch darin sein!

Der Takt des Uhrzeigers bleibt immer gleich,
- ob du arm bist oder reich,
- ob du Unrecht hast oder Recht,
- ob es dir gut geht oder schlecht.

Manchmal ziehen sich Stunden länger dahin,
Wartezeiten habe ich damit im Sinn!
Öfter verrinnt schnell die Zeit:
in geselligen Runden mit Heiterkeit!

Manchmal gelingt was – dann wieder nix –
Zefix!

Die kostbare Freizeit – man hat die Wahl. –
Oft ist es verzwickt:
Bücher – ungelesen!
Wolle – noch nicht gestrickt!
Sportlich bewegen!
Pflanzen hegen!
Kontakte pflegen!
Die Tageszeitung, ein Thema für sich,
denke ich mir.
Die nächste Sintflut kommt nicht mit Wasser
– sondern Papier!
So viele Wörter – gut gewählt!
ungezählt!
brillant!
interessant!
Manche kann man nicht verstehen,
muss man in den Duden sehen!

„Sie haben Ihr Ziel erreicht!"
einfach gesagt, in der Praxis nicht leicht!

„O Herr- hilf- zerr- aus dem Gewerr !" sagt man in Franken

Mein Ziel:
Am Abend eines Tages zufrieden sein – und

danken

Ungestört

An meine ersten Babysitter-Erfahrungen denke ich gerne zurück. Als 15-Jährige erfüllte es mich mit Freude, auf den aufgeweckten, dreijährigen Nachbarjungen aufzupassen.

Wir befanden uns in seinem Zimmer. „Lesen ist doch eine gute Sache!", dachte ich mir. So wählte ich ein Bilderbuch aus, nahm ein Kissen und setzte mich auf den Boden, um auf Augenhöhe mit dem Buben zu sein. Es funktionierte wunderbar. Der Kleine saß mir gegenüber auf dem Boden und hörte interessiert zu.

Nach einigen Minuten ließ seine Aufmerksamkeit rapide nach. Er begann in seinen Spielzeugkisten zu wühlen. Auf meine Frage, ob ich weiter lesen solle, kam die Antwort:

„Mich stört es nicht!"

– Verblüffend ehrlich! –

Fürstenfeldbruck

Staunend stelle ich fest, ich lebe in einer Stadt,
die viele kunstvolle Ecken hat!
Das ist wohl nicht der Bauherren Sinn:
Sie lassen bemalen, verzieren, verschnörkeln,
und ich schaue gar nicht hin!

Zum Beispiel der Storch: War der schon immer da?
Oder ist er wie seine lebenden Artgenossen
auf dem Weg nach Afrika?

O, was bin ich für ein *blinder Tropf*,
eile durch die Stadt, nur den Einkauf im Kopf!
Man kann es mir nicht verzeihen!
Ich muss mich bei den Kunst-Banausen einreihen!

Ab jetzt gebe ich mir einen Ruck
und durchlaufe wachsamer
Fürstenfeldbruck

Amalia-Vogel

Komm, kleiner Amalia-Vogel:
Ein Stups und ein Hupf!
Probiere deine Flügel aus!
Flieg in die weite Welt hinaus!

Unser Wunsch:
Du sollst in Gemeinschaft glücklich sein!
Halte bitte die Regeln ein:
Beim Anziehen schaue darauf,
Wie sehe ich aus?
Hängt das Unterhemd über der Hose heraus?

Vor dem Essen Pfötchen waschen!
Nicht vom Tisch mit den Fingern naschen!

Sitz gerade beim Essen
und benutze das Messer,
wirst sehen, damit geht es doch besser!

Iss nicht so geschwind,
warte bis alle fertig sind!

Soll man dir etwas reichen,
gib ‚Bitte' – und ‚Danke'-Zeichen!

Im „Hotel Mama" war es so angenehm!
Flieg mein Vöglein – sei nicht bequem!

Kleiner Vogel, verlass das Nest!
Mach den Test
gut!
Wir wünschen dir dazu
Freude und Mut!

Behütet

Es war ein Samstag mit traumhaftem Mai-Wetter. Elisa mag vielleicht in der ersten Klasse gewesen sein. Die Mädchen und ich planten einen Ausflug mit der S-Bahn zum Tierpark Hellabrunn in München.

Wir packten unsere Rucksäcke und eilten zum Bahnhof. Unsere Amalia war noch nicht so sicher im Laufen. Elisa und ich hatten sie beidseitig an der Hand.

O weh! Als wir schon in der Unterführung am Bahnhof waren, fuhr die S-Bahn oben gerade ein! Ich klemmte mir Amalia unter den Arm und hetzte die Stufen zum Bahnsteig hoch. Einem jungen Mann rief ich was zu, der stellte sich quer in die Tür – noch ein großer Satz – geschafft!

Erleichtert atmete ich auf!

Nun drehte ich mich um. – Elisa? – Ich hätte schwören können, dass sie uns auf den Fersen gefolgt war. Verstört überblickte ich den langen Waggon und rief Elisas Namen. Vielleicht hatte sie sich nur versteckt? Nichts zu sehen! – Keine Antwort!

Mit Amalia stürzte ich zur Tür – die ging nicht mehr auf, auch nach meinem verzweifelten Drücken des Türknopfes nicht!

Durch das Türfenster sah ich einen jungen Mann, der aufgeregt den Bahnsteig absuchte. Sein Blick blieb an mir hängen. Irgendwie hatte ich das Gefühl, dass er die Situation erfasst hatte.

Die S-Bahn fuhr los.

„Rabenmutter!", schoss es mir durch den Kopf. Nicht zu fassen! Wie konnte das passieren?

Die nächste Station war Eichenau. Wir stiegen wieder aus. Das fand Amalia überhaupt nicht lustig: Richtungsänderungen hatte sie schon immer gehasst! Sie protestierte mit einem lauten Schrei. Auf mein beschwörendes Einreden beruhigte sie sich aber relativ schnell.

Auf dem Bahnsteig In Eichenau stand eine größere Gruppe gut gelaunter Seniorinnen in Wanderkluft. Ja, in den nächsten Minuten sei mit der S-Bahn nach Fürstenfeldbruck zu rechnen, antworteten sie mir auf meine aufgeregte Frage.

Wirklich, da fuhr sie schon ein. Wir konnten einsteigen.

In Fürstenfeldbruck war der Bahnsteig leer. Es war auch kein lautes Weinen zu hören. Plötzlich stand der junge Mann wieder vor mir und führte mich zu seiner Freundin.

Die Frau hatte Elisa an der Hand.
Unsere Elisa –
mit ihrem Strohhütchen mit dem blauen Band!

Eine Träne hing noch an ihrer Wange.

Aber in der Hand hielt sie eine große Tüte Gummibärchen (die Bärchen, die den Ruf haben, fröhlich zu machen!).

Ein Lächeln huschte Elisa über das Gesicht und ihr erstes Wort war: „Mama, fahren wir jetzt in den Zoo?"

Überglücklich bedankte ich mich bei der Frau, die betonte, dass Elisa sehr tapfer gewesen sei!

Wir fuhren dann wirklich mit der nächsten S-Bahn nach München zum Tierpark. Im Nachhinein wundert es mich, dass das noch schaffte.

Aber wir erlebten einen wunderbaren Nachmittag, tauchten ein in die vielfältige Tierwelt und die Strapazen der Anreise gerieten in Vergessenheit.

Ewig dankbar bin ich für die rettenden Engel, die unsere Elisa so gut aufgefangen und ‚behütet' hatten!

Nur für einen Tag

Ein klarer Sommermorgen kündigte einen schönen Tag an. Bodo hatte seinen großen Rucksack gepackt, war mit dem Zug gefahren und nun begann seine Bergwanderung.

Zunächst führte der Weg noch sanft durch Wiesen. Nun wurde es steil. In Serpentinen ging es bergauf. Bodo war ein Gelegenheitswanderer, ohne viel Training und Kondition. Der Weg wurde steiniger und beschwerlicher. Der große Rucksack drückte. Bodo schwitzte und bald schon musste er seine Jacke ausziehen. Bodo war ‚gut beisammen' und sein Eigengewicht war beträchtlich. Alle paar Schritte blieb er stehen, um zu schnaufen.

Plötzlich hörte er Schritte. Er wurde eingeholt von einem jungen Mann, groß und schlank, mit einem auffallend bunten Hut. „Sie dürfen nicht so oft stehen bleiben", riet der Fremde ungefragt, „Sie tun sich nur noch schwerer und finden so keinen Rhythmus!"

Bodo überlegte, aber er kannte diesen Menschen wirklich nicht! Er hatte auffallend grüne Augen und ein gewinnendes Lächeln. „Wenn Sie wollen, können wir immer gemeinsam Pausen machen. Ich gehe voraus und warte immer auf Sie! Gehen Sie ruhig langsam und lassen Sie sich nicht von mir hetzen!", schlug der Fremde mit gewinnender Freundlichkeit vor.

Eigentlich konnte Bodo nichts einwenden, fand es aber doch ungewöhnlich, von einem Unbekannten Ratschläge zu bekommen. Doch er musste zugeben, dass ihm seine offene Art gefiel.

Vergnügt tänzelte der junge Mann voran. Er trug eine kurze Leinenhose, ein kräftig blaues Hemd und einen kleineren Leinenrucksack, aus dem eine große Flasche herausragte. Seine Bergschuhe wirkten etwas überproportional. Und dieser seltsame, lustige Hut!

Bodo stapfte weiter. Jetzt bereute er seinen Beschluss zu dieser Wanderung und träumte von seinem Sofa zu Hause und vom Gartenliegestuhl.

Am Rand des Berghangs hatte man einen ersten Blick in das Tal. Bodo freute sich, schon etwas an Höhe gewonnen zu haben. Unten sah man ein kleines Dorf. Schnell musste er für einen Moment die Augen schließen, als er einen Garten mit einem großen Pool erblickte. Wie gerne würde er (samt samt Rucksack) zur Abkühlung hineinspringen! Aber aufgeben, das wollte Bodo nun nach der Begegnung mit dem Fremden auch nicht mehr. Das ließ sein Ehrgeiz nicht zu.

Nach drei Serpentinenkurven traf er wieder auf den anderen. Er saß mit roter Pappnase im Gesicht mitten im Gras und spielte eine lustige Melodie auf einer kleinen Mundharmonika.

„Darf ich mich vorstellen? Ich heiße Giovanni!"
Strahlend streckte er seine Hand aus. „Ich bin ‚Clown'
von Beruf. Und hin und wieder erlaube ich mir einen
Tag in den Bergen. Gut für Leib und Seele!"

"Bodo!", brummte Bodo zurück, „ich will heut mal
da hinauf." „Für einen Tag – so ein großer Rucksack?",
entfuhr es Giovanni. ‚Er hat ja Recht', dachte Bodo
beschämt. Sein Gepäck würde für eine Polarexpedition
ausreichen. „Für mich brauche ich nicht viel Proviant:
Wasser, Äpfel, Müsliriegel, Studentenfutter", erklärte
Giovanni. ‚So siehst du auch aus', dachte sich Bodo,
den schlanken Kerl etwas neidisch betrachtend.

Im Weitergehen redete Giovanni unbekümmert
auf Bodo ein: „Du läufst mit krummem Rücken, den Kopf
gesenkt, den Blick nur auf den Boden gerichtet. Geh
doch aufrecht! Achte auch mal auf deine Umgebung!
Den herrlichen Ausblick! Hast du den Enzian gesehen?"

Mit Erstaunen stellte Bodo fest, dass wirklich nicht
nur Enzian, sondern viele Blumen den Weg gesäumt
hatten, bevor sie nun die Waldgrenze erreichten.
Giovanni eilte leichten Schrittes davon. Bodo war schon
gespannt auf die nächste Rast.

Diesmal hatte Giovanni Trinkhalme und eine kleine
Flasche aus seinem Rucksack geholt. Damit fabrizierte er
riesige bunte Seifenblasen, die in den sonnigen Himmel
stiegen. Wie ein Kind bewunderte Bodo das Schauspiel.

In der Ferne sah man schon das Gipfelkreuz. Das
gab Bodo Aufschwung. Weiter! Giovanni aber hielt ihn
zutück: „Ich will dich nicht nerven, aber denke ab und zu
doch auch mal über die *Leichtigkeit des Seins*

nach! Du bist doch heute freiwillig hier, oder? Warum schaust Du dann so gequält aus?" Bodo versuchte ein Grinsen.

Aber die letzte Strecke des Weges zog sich endlos hin. Das Gipfelkreuz war schon zum Greifen nahe. Noch mal eine Serpentine. Und plötzlich: G i o v a n n i ! Auf einem kleinen Wiesenfleck mimte er ‚Bauchtanz', so komisch echt, dass Bodo laut lachte. Doch Giovanni drängte: „Pause aus! Los, bald haben wir es geschafft! Das war die letzte Pause vor dem Gipfel!"

Endlich war der Gipfel erreicht. Eine traumhafte Aussicht belohnte Bodo für alle Strapazen. Er wischte sich den Schweiß von der Stirn und genoss den Blick, die Ruhe und den erfrischenden Luftzug hier oben.

Nicht weit unterhalb war eine Berghütte mit einer großen Aussichtsterrasse. Sicher war Giovanni schon dort. Bodo freute sich darauf, seinen neuen Freund zu einer deftigen Brotzeit einladen zu können.
Doch Giovanni war nirgends zu finden. Zweimal suchte Bodo alles ab. Es gab kaum noch freie Plätze, so viele Besucher waren gekommen, die meisten mit der Seilbahn. Schließlich ergatterte er einen Stuhl und verzehrte allein und enttäuscht seine Vesper.
Dann beschloss er, mit der Seilbahn ins Tal zurück zu fahren. Für heute reichte es.

Von der Gondel aus konnte Bodo den Bergpfad sehen und zuschauen, wie sich andere Wanderer herauf kämpften.

Plötzlich entdeckte er mitten am Berghang ein sonderbares Ding – wie ein großes Insekt mit bunten Flügeln. Nein, so riesig konnte keine Fliege sein! Das war ein Mensch! Jetzt erkannte er: G i o v a n n i !

Er hatte sich große Schmetterlingsflügel auf den Rücken gespannt und sprang, hüpfte und flog, halb Vogel, halb Gämse, den gewundenen Steilweg hinunter.

Nachdenklich schaute ihm Bodo nach. Urplötzlich war dieser Sonderling aufgetaucht – und wohin führte jetzt sein Rückweg? Er würde ihn nicht mehr sehen. Er wusste nichts von ihm.

Bodo fühlte eine tiefe Dankbarkeit für diesen Menschen:
  – Freund für einen Tag,
  – der ihn ,*die Leichtigkeit des Seins*' gelehrt hatte.

Geräuschlos

Ein sonniger Junitag in den Bergen im Allgäu bei
Oberstdorf. 700 Höhenmeter hatten wir hinter uns.
Ein großer Bergsee lud zum Ausruhen ein.

Mein Mann und seine zwei Kollegen wollten nach der Pause
noch das Rubihorn besteigen – weitere 400 Höhenmeter mit
Seilsicherung! Zu schwierig für unseren jungen Hund – und
auch für mich.

Der Platz hier am Bergsee zu einladend! Überwältigend die
machtvolle Bergkulisse! Ein ungeschriebenes Gesetz
herrschte hier: „Alles ist erlaubt, was geräuschlos ist!"

Ein paar Paragleiter hoch am Himmel – ein Segelflugzeug
dabei – und auf dem See stakte ein junger Mann auf einem
Surfbrett stehend mit einer langen Stange langsam über
die Wasserfläche. – Vollkommene Stille!

Amüsiert beobachtete ich Balou, wie er lustig und aufgeregt
seine Erkundungen machte. Mal spannte er seinen ganzen
Körper an und sprang mit allen Vieren gleichzeitig in das
flache Wasser am Ufer, aber das Fischlein war entwischt.
Mal jagte er wie ein Pfeil einem dreisten Zitronenfalter
nach, der dicht vor seiner Schnauze vorbei gesegelt war. –
Ja, die Schmetterlinge machten Balou im wahrsten Sinne
des Wortes ‚rasend'. Doch sie verstanden das Spiel. Sie
lockten und foppten ihn und wenn er nach ihnen schnappte,
flogen sie schnell in die Höhe. Sicherlich neckten sie ihn:
„Fang uns doch, wenn du kannst! Tollpatsch!"

In der Nähe ließen sich zwei junge Leute nieder. Balou rannte gleich hin und umkreiste sie neugierig. Mein Rufen hörte er nicht. Noch hielt er Abstand zu den beiden und beobachtete nur.

Unwillkürlich fiel mir die kleine Geschichte ein, die uns Balou kürzlich geliefert hatte: Es war bei einer Wanderung. Balou war voraus gerannt, weil er erkunden musste, was das für Menschen waren, die vor uns liefen: zwei große und zwei kleine. Verwundert fragte ich mich, ob die wohl so esoterische Übungen machten, weil sie alle auf einmal ihre Arme in den Himmel reckten und sich zu drehen anfingen. Dann sahen wir, dass sie nur ihre Wurstbrote vor unserem gefräßigen Hund sichern mussten.

Jetzt brachte mich Balou in die Gegenwart zurück. Mit Hurrah kam er angerannt, siegreich, mit einer Trophäe im Maul! O Schreck, ein Bergschuh! Und jetzt humpelte ein junger Mann, einseitig beschuht, hinterher. Mit gutem Zureden ließ sich Balou die Beute schließlich abnehmen. Ich trug sie dem Eigentümer entgegen und entschuldigte mich. Er sei halt in den Flegeljahren, erklärte ich, und dass er sich eigentlich sonst nichts aus Schuhen mache. Zu Hause hätte er sein Bett neben dem Schuhregal, aber die interessierten ihn nicht.

Der Mann lächelte nur amüsiert: „Nix passiert!" und ich fand ich meinen Frieden wieder.

Bald kamen die stolzen Gipfelstürmer zurück und wir mussten die heile Berg-See-Welt wieder verlassen.

Schlangen sind nicht jedermanns Sache

Kürzlich war ich bei der Post um ein großes Kuvert aufzugeben. Die Schalterhalle brauchte ich gar nicht erst zu betreten, denn die wartenden Kunden standen bis zum Flur hinaus.

So was kommt öfter vor! Diesmal ging es aber extrem langsam. Zwei Schalter waren nur geöffnet. Ein Postangestellter war scheinbar im Hinterzimmer tätig. Ein Mann lehnte geduldig am Schalter und wartete. Am anderen Schalter waren offensichtlich komplizierte Sachen abzuwickeln.

In der Reihe vor mir stand eine große junge Frau, die sichtlich gequält von einem Fuß auf den anderen trat. Erfreut stellte ich fest: das war Doris! Wir hatten zusammen mal einen Kurs in der VHS belegt. Auch Doris freute sich, als ich sie ansprach und wir unterhielten uns ein wenig. So wurde das Warten erträglicher.

Langsam nahm endlich die Reihe vor uns ab.

Plötzlich eine wütende Stimme:
„In diesen Laden sollte man eine Bombe schmeißen!"
Eine ältere Dame verließ die Schalterhalle mit drohendem Protest. Mit ihrem hellen Mantel und der großen Einkaufstasche hätte ich sie für eine friedliche Hausfrau gehalten und nicht zu den gefährlichen Mitmenschen gezählt!
Aber ihr Blick allein war hoch explosiv!!

In unserem Land ist uns die Geduld nicht so in die Wiege gelegt worden. Von allem haben wir viel, nur von Geduld *dürfte es ein bisschen mehr sein*! Wir wollen immer ziemlich zügig bedient werden.
Die Betonung liegt auf z ü g i g !

> In anderen Regionen haben die Menschen weniger Probleme mit Geduld! „Was macht ein Engländer, wenn er eine Schlange sieht?", – jeder kennt diese Scherzfrage – und die Antwort: „Anstellen". Beeindruckend fand ich das letztes Jahr in London schon: Endlos lange, geduldige, ruhige Warteschlangen vor den Fahrkartenschaltern!

Sicher ist es der Dame besser gegangen, nachdem sie ihrer Wut Luft gemacht hatte.

Für die Post hätte ich allerdings den Vorschlag:

– Richtet Hilfs-Jobs ein für die leichten Sachen wie Briefe abwiegen, Marken aufkleben, postlagernde Sendungen ausgeben, usw!
oder
– Installiert eine Video-Leinwand in der Schalterhalle und zeigt ein paar lustige oder aktuelle Videoclips! Das könnte das Warten sogar noch vergnüglich machen!

Bomboli

Unser Andalusien-Urlaub naht!

Wieder einmal sitze ich über meinem Spanisch-Buch. Euphorisch habe ich einen Sprachkurs bei der VHS belegt. Es ist schon mühsam und zeitaufwendig: Als Erwachsener lernst du einfach nicht mehr so schnell wie ein Kind!

„Warum gibt es diese kleinen, homöopathischen Kügelchen, *Globuli*, nicht für Talente?", denke ich mir.

Ein kleines Mädchen aus unserem Bekanntenkreis bringt das komische Wort *Globuli* in seine Sprache: „ *Bomboli* ". Das passt doch, oder nicht?

Die *Bomboli* sollen ja so Wunderpillen sein. Für alles, heißt es. Schön wär's!, träume ich.

Zum Beispiel: Du nimmst vor dem Urlaub ein paar *Bomboli* ein, konzentrierst dich auf deinen Wunsch, – und schon beherrschst du fließend die Landessprache deines Urlaubsziels!

Alles könnte man damit meistern!

Im Winter: traumhaftes Wetter, viel Schnee! *Bomboli* geschluckt – und schon kannst du in großen Schwüngen mit den Skiern die Piste hinunter fegen.

Im Sommer: *Bomboli* genügt - und du segelst wie ein Weltmeister!

Allerdings sollte es die Bomboli nur für Erwachsene geben. Die Kinder sollten schön brav in die Schule (des Lebens) gehen, – wäre ja sonst zu langweilig!

Mir macht es Spaß, auch mal etwas Unsinniges für mich selber auszumalen.

Doch die Erfahrung lehrt: Alles, was so schön und leicht wäre, hat einen Haken – man denke an die Kölner Heinzelmännchen! Also höre ich auf mit der Träumerei, ziehe mein Spanisch-Buch wieder näher und lasse mich von Spanisch-CDs berieseln!

„Ach", denke ich immer noch unlustig, „wozu denn eigentlich?"

> Manchmal genügen ganz wenige Worte zur Verständigung! Unvergessen bleibt mir die griechische Oma auf der Insel Korfu. Die Konversation „very good" – „no problem" war völlig ausreichend. Und unser Freund Hugo bekam im italienischen Krämerladen mit „Moskito - patsch, patsch" die gewünschte Fliegenklatsche.

Aber „Lernen macht doch Freude!" rede ich mir ein und vielleicht ist jeder kleine Erfolg ein echtes

Bomboli
(mit magischer Wirkung).

Der große Wertstoffhof

Es packt mich echt an manchen Tagen:
Der Müll im Haus! Nicht zu ertragen!
Alles raus und in den Wagen!
Am Wertstoffhof aber stelle ich fest,
wie ich, denkt von der Welt der Rest!

Saubermänner! Gar nicht fad!
Willkommen hier im „Ameisen-Staat"!
Alles wuselt! Welch ein Leben!
Jeder hat viel abzugeben!
Entsorgt wird krachend oder leise
kisten-, eimer-, säckeweise!
Zum Hochcontainer gibt es Treppen –
ach, was muss ich alles schleppen!

Endlich ist das Auto leer!
Ich fühle mich erleichtert, – sehr!

Zu Hause, frei und unbeschwert –
den Briefkasten noch schnell geleert! –

Nur Wegwerfpost! Er hört nie auf!
der Wegwerf-Wertstoff-Dauerlauf!

Sterntaler

Mein Lieblingsmärchen war das Sterntalermärchen
Wie oft fällt es mir heute noch ein.

Bin ich nicht auch ein Sterntaler-Kind?
Täglich sammle ich Sternchen, Sterne, Sterntaler,
einfach so, – gratis!

Oft muss man aufmerksam sein, dass man sie bemerkt!

Jeden Tag im Leben fallen sie einem zu, die Sterne:
Liebe Mitmenschen und viele Sachen, die das Leben
köstlich machen!

Sehr traurig machen mich die Lücken und Löcher in
meiner Sterntalerschürze, die Verluste, die ich nicht
halten kann, besonders der Verlust von Menschen,
mit denen ich gerne weitergelebt hätte!

Dann versuche ich, im Glauben vertrauend weiterzuleben:
„Tod ist kein Untergang, sondern nur ein Übergang!",
heißt es.

Aber ich lebe!

Täglich danke ich für jedes Sternchen, das für mich vom
Himmel fällt.

Seiltänzerin

O Seiltänzerin,
du faszinierst mich!
Entspannt läufst du über das Seil!

Man sieht es deinen Gesichtszügen an,
frei von ängstlichen Fragen: Wird es gut gehen?

Abstand von allem am Boden, was niederdrückt
– ohne Ballast
– selbst die Schuhe hast du abgelegt!

Urvertrauen
– Gott, die guten Mächte tragen mich!

Die Arme ausgestreckt
– wie ein Vogel die Flügel!

Du genießt
– du bist dir sicher
– du weißt, du kommst an!

O Seiltänzerin,
– beneidenswert deine Lebenskunst!

O Herr,
schenke mir hin und wieder auch was
von den Talenten einer Seiltänzerin:
unbeschwert – leichtfüßig – vertrauend leben!

Der Wind und das Meer

Am Anfang unserer Ehe wohnten wir, bedingt durch Jürgens Arbeit, fünf Jahre in den Niederlanden.

Gerne denke ich an diese Zeit zurück! Da lernten wir sehr viele nette Menschen kennen und sehr ausgiebig – den Wind!

In unserer großen, hellen Wohnung im 7. Stock eines Hochhauses hörte man oft den Wind pfeifen, und wie! „Habt Ihr den Teekessel auf dem Herd?", fragten manchmal die Anrufer am Telefon.

Auch im Winter unternahmen wir gerne Spaziergänge durch die Dünen am nicht weit entfernten Nordseestrand. Da musste man sich oft gegen den Wind stemmen, um überhaupt vorwärts zu kommen!

Manchmal war die Kraft des Windes gewaltig!

Elisa war ungefähr drei Monate alt. Sie lag im Kinderwagen und zusammen mit Ilona, einer deutschen Freundin, und ihren zwei Kleinkindern im Zwillingskinderwagen war ich unterwegs zu einem nahen Einkaufszentrum.
An einer Ecke vor dem Kaufhaus war es besonders böig.

Plötzlich kam ein Windstoß! Mein hoher Kinderwagen wurde mir aus den Händen gerissen und umgekippt, als ob er eine Streichholzschachtel wäre!

Vor Schreck erstarrt stand ich da!

Nicht so Ilona, meine Freundin. Sie hatte sich schneller gefasst. Blitzschnell hatte sie den Kinderwagen wieder aufgestellt. „Es ist nichts passiert!", schrie sie mir durch den heulenden Wind zu, und das weckte mich auf.

Dann sammelten wir alle Einzelteile auf: das immer noch tief schlafende Baby Elisa, von Tante Hedwig liebevoll bestrickt mit dem türkisfarbenen Strampelanzug, Jäckchen und Bommelmützchen, das Schaffell, und zuletzt die Zudecke, ein gutes, deutsches Daunenkissen, das wohl in „Airbag- Funktion" das Baby im Aufprall weich aufgefangen hatte.

So konnten wir unbeschadet unsere Einkaufstour fortsetzen.

Erleichtert war ich und dankbar, dem Schutzengel und meiner Freundin!

Tiger-Liebe

Kürzlich las ich, dass ein Dompteur bei Zirkus Krone in München eine Spinnenphobie habe. Ich für meinen Teil würde meine Dressierkunst lieber an Spinnen als an Löwen und Tigern ausprobieren!

Es ist mir heute noch nicht klar, warum unsere Tochter Elisa als kleines Mädchen so eine große Begeisterung besonders für Tiger hatte. Hätte das Kind nicht so viele auffallende Ähnlichkeiten mit seinem Vater, könnte man denken, Elisa sei in der Klinik verwechselt worden mit dem Baby eines Großwildjägers aus den holländischen Kolonien.

Wir lebten damals in den Niederlanden.

Als wir das erste Mal den Tierpark in Rotterdam besuchten, waren die kleinen Pinguine und die riesigen Wasserschildkröten Elisa unheimlich. Dann kamen wir zu den Raubkatzen.

Völlig in Verzückung geraten stand das kleine, blond gelockte Mädchen vor dem Käfig, in dem ein Prachtexemplar von ausgewachsenem Tiger unruhig seine Runden drehte. „Ach, da ist der kleine Tiger!", rief Elisa hingerissen aus und klatschte begeistert in die Hände. Hinter ihr standen zwei Jugendliche, die kommentierten, wie wild und gefährlich die Tiger wirkten.

Elisa hatte nie etwas mit Puppen am Hut. Aber ihr kleiner Stoff-Tiger bekam viele Ausfahrten im Puppenwagen.

Manchmal, wenn Fremde nach ihrem Namen fragten, sagte sie schelmisch: „Tiger!"

Eines Tages entdeckte Elisa in der Spielzeugabteilung mitten im Einkaufszentrum einen großen Tiger-Teppich mit einem ausgestopften Kopf, genau so wie das Stolperfell bei „Dinner For One".

Es wurde dann zum täglichen Ritual, dass wir auf dem Heimweg vom Supermarkt einen Abstecher zur Spielzeugecke des Warenhauses machen mussten, damit Elisa dem Tiger einen Kuss geben konnte.

Wir vereinbarten mit Elisa, sie sollte den Tigerteppich als Belohnung bekommen, wenn sie keine Windel mehr brauchte. Dies wurde leider ein längerer Prozess als gedacht. Schließlich war mir der tägliche Umweg lästig und auch langsam peinlich. Ich beschloss, auf die Gegenleistung zu verzichten — pädagogisch verwerflich, aber bequemer!

So bekam Elisa ihren gewünschten Tiger-Teppich und von Windeln wurde nicht mehr gesprochen.

Später schlug Elisas heftige Tierliebe auf Pferde um. Aber ihre ganze Sehnsucht war etwas anderes:
Ein eigenes Tier als Spielfreund
zum Lieben und Leben!

Wie Elisa auf den Hund kam

„Mama, Papa, warum können wir denn keinen Hund haben?"

Hartnäckig löcherte Elisa jahrelang uns Eltern. Sie wäre jetzt schließlich 15 und könnte sich fast allein um ihn kümmern. Wir bräuchten nur das Hundebett und Futter kaufen. „Und dann ist Mama nicht so allein, wenn Papa und ich nicht da sind!" Papas Widerspruch wurde immer schwächer und ich? – ja, ich hätte mir ein Leben mit Hund schon vorstellen können!

Und in diesem Jahr wollte es der Zufall: Wir machten die Bekanntschaft mit einem Hundezüchter, dem gerade seine reizende Golden-Retriever-Hündin einen Wurf mit acht Welpen beschert hatte. Wir durften sie mal ‚unverbindlich besuchen'. Elisa brachte ihre Freundin Magdalena mit.

Was für ein Gewusel! Acht putzige Hundebabies, sechs Wochen alt, jagten und purzelten um Tisch- und Stuhlbeine herum, wälzten sich, strampelten und quietschten, schnupperten an unseren Schuhen, und wenn eines mal inne hielt, saß es da mit hängendem Zünglein und guckte mit seinen dunklen Äuglein herum.

Die Mädchen konnten sich vor Entzücken nicht halten. Elisas Augen strahlten. Dann fiel ihr Blick auf einen kleinen, goldbraunen „Teddy". Er hatte gerade ein Nickerchen unter dem Couchtisch eingelegt. „Ein Bub", sagte der Hausherr, „er heißt ‚Balthasar'!"

Elisa durfte ihn aufnehmen und er leckte ihr zärtlich schnell mal ins Gesicht und ihre Hand. Elisa war hingerissen: „Er ist es! Er mag mich! Und ich ihn!" Sofort wusste sie einen neuen Namen für den kleinen Balthasar: „Balou" sollte er heißen! Vorerst musste Balou noch bei seiner Mama bleiben, aber in ein paar Wochen dürften wir ihn abholen, bestimmte der Hausherr.

Elisa war wie verändert. Sie war die Liebenswürdigkeit in Person. Sie durfte bei allen Vorbereitungen entscheiden. Sie suchte das passende Hundebett und die Decke aus, wählte das richtige Brustgeschirr, sorgte für Futternäpfe und entschied, wo Balou schlafen sollte.

Endlich kam der Tag. Balou erkundete neugierig die neue Umgebung und ließ sich begeistert auf Elisas Spielangebote ein. Er kuschelte mit ihr in seinem (noch viel zu großen) Hundebett und ging mit ihr Gassi, um sein neues Revier zu markieren. Alle Nachbarn fanden den lebhaften, tapsigen Welpen „süüüß" und Elisa schwebte im Glück.

Aber für beide, Elisa und Balou, fing gleich der Ernst des Lebens an. Elisa wischte brav die Pipi-Pfützchen auf, stellte sich jede Nacht für 2 Uhr den Wecker und führte Balou zum Pinkeln hinaus. Geduldig und konsequent brachte sie ihm die ersten Lebensregeln bei, und heute noch trainiert sie mit ihm in der Hundeschule.

Man darf sagen: Wer ihn kennt, der liebt ihn auch, den lustigen, zutraulichen, gescheiten Hund, und er weiß es.

Elisa aber ist überglücklich mit ihrem
Goldigen Retriever.

Hunde-Käuzchen

Was für ein ulkiges Hunde-Käuzchen
mit einer Rose im Schnäuzchen!

Oft denke ich mir:
unser Balou ist auch ein kleiner Rosenkavalier!

Harte Mienen werden weich,
steife Leute bücken sich gleich!
„Darf man ihn streicheln?"
Und Balou fängt an zu schmeicheln.

„Gern", schmust Balou,
„nur immerzu!
und nicht nur am Rücken
macht das Entzücken! –
Jetzt noch am Bauch!, –
den zeig ich dir auch!"

Schwupps - liegt er da, die Füße nach oben
Ja kann man denn anders, als ihn zu loben?

Eine Postbotin dachte neulich laut:
„Ein Hund, der noch der Post(!!!) vertraut?
Das ist doch eine Rarität,
wie sie noch nicht im Buche steht!"

Dann ist Balou wieder ein rechter Fratz!
Wie letzte Woche in München - Marienplatz:
legt er sich, alle Viere von sich gestreckt
wie ein Bettvorleger hin,
rollt die Äuglein –
„Nein!
Weitergehen ist nicht drin!"

Die Passanten bleiben stehen,
müssen herzhaft lachen,
„Macht er öfters solche Sachen?"

Wird's mal klamm in der Kasse
— man weiß ja nie —
verleihen wir Balou an Zirkus ‚Krone' oder ‚Knie'!
Sein Talent als Pausen-Clown
wär' sicher heiter anzuschau'n!

Im tiefen Schnee im Garten hat Balou
kürzlich eine Einlegesohle vom Nachbarn zerkaut!
Die Nachbarin hat gelacht
und ihn zum Glück nicht verhaut!

Aber Sofa und Bett bleiben für
Balou
tabu!
Das weiß er auch und steht dazu!

Doch ist und bleibt er zu jeder Stund'
bei aller Freundschaft
halt ein Hund!

Telefon und Handy

Manche Erfindungen sind nicht mehr wegzudenken aus unserem Leben! Dazu gehören sicher das Telefon und das Handy. Viele Menschen könnten ohne Telefonanschluss gar nicht mehr sein.

Eine Kollegin erzählte einmal von einem Bekannten, der sich grundsätzlich bei allen Anrufen meldete mit:
,,Hier ist der nette Ulrich"
Mir gefiel das. Ein menschliches Entgegenkommen, ein Vorschuss an Gesprächs-Atmosphäre. Wie viele Konflikte entstehen doch einfach dadurch, dass man anderen die Tür zu sich gar nicht erst aufmacht.

Eva erzählte, dass sie meistens mit „Herr" angesprochen wird, weil sie so eine tiefe Stimme hat. Tonfall und Wortwahl verleiten uns bei unbekannten Anrufern zu inneren Vor- und Einstellungen, die sehr irrig sein können.
Ernsthafte und komische Täuschungen leicht möglich!

Dennoch:
Telefon und Handy, wie dankbar bin ich, dass es sie gibt!

Geheimnisvoll

Der Standard-Satz meiner früheren Arbeitskollegin war immer: „Das weiß ich nicht, aber ich bekomme es schon heraus!"

Für meinen Gatten scheint die Welt dagegen eine Glaskugel zu sein: ihm ist immer alles klar! Das ist wohl die Frucht seiner täglichen Zeitungslektüre von A bis Z.

Aber Geheimnisse haben auch was für sich und machen manchmal das Leben etwas spannender!

Es ist ein schöner Brauch, Geschenke einzupacken, damit der Beschenkte erst mal gespannt wird: Was könnte das sein? Ich bin immer noch aufgeregt-neugierig, wenn ich einen Briefumschlag in die Hand bekomme: Von wem? Was steht drin?

Einmal habe ich jemandem ein Geheimnis anvertraut. Dies hatte ich mit einer Glückwunschkarte zum Geburtstag verbunden. Ich hätte gleich auf dem Umschlag vermerken müssen: „v e r t r a u l i c h !"

Zu spät erfuhr ich, dass die ganze Verwandtschaft beisammen war, als der Briefträger meinen Brief brachte. Sie erkannten meine Schrift. „O, von Annette!", hieß es. Natürlich wurde das Kuvert gleich geöffnet, der Inhalt – vorgelesen! – Mein (süßes) Geheimnis war keines mehr! Aber alle versicherten, sie würden nichts weiter sagen!

Ich erinnere mich an ein Osterfestessen in meiner Kindheit.

Die ganze Großfamilie saß schon um den Tisch versammelt. Die Suppenterrine wurde hereingetragen, Deckel drauf. Jemand fragte: „Was für eine Suppe gibt's denn heute?" „Das ist ein Geheimnis!", antwortete Mama. Da sagte die Jüngste in der Runde mit tiefer, andächtiger Stimme: „Geheimnis des Glaubens!" Das hatte sie der Kirche gehört.

Kinder bringen es oft auf einen Punkt. Der Opa fragte die Enkelin, was sie ihrem Vater zum Geburtstag schenken wolle. – Antwort: „Das ist so geheim, dass ich es selber noch nicht weiß!"

Geheimnisse haben doch ihren Sinn!

Unsere Zukunft bleibt ein Geheimnis.
Es ist auch gut so. Wo blieben denn Hoffnungen und Überraschungen, wenn man eh schon alles wüsste?

Der Flughafen

Rosalie war vor einer Viertelstunde ‚zu Hause' am Münchner Flughafen gelandet. Sinnierend stand sie am Fließband und wartete auf ihr Gepäck.

Flughäfen hatten sie schon immer fasziniert: Der internationale Flair! Ein ständiges Abfliegen und Ankommen! Schwindelnde Zahlen von Stückgütern werden täglich verladen, umgeladen, ausgeladen! Ohne Fehler?

Das Fließband wurde in Gang gesetzt und Rosalie wurde wach. Ein Blick auf die Uhr: In zwanzig Minuten ging die nächste S- Bahn! Schon entdeckte Rosalie ihren roten Trolley, zerrte ihn vom Band und hastete zum S-Bahn-Zugang.

Zu Hause atmete sie erst einmal tief durch. Dann schaute sie sich bei einer Tasse Tee die Post an. Jetzt zum Koffer!

Sie holte den Kofferschlüssel aus dem Brustbeutel, probierte, doch der Schlüssel passte nicht. Was war los? War was mit dem Schloss passiert? Nein, das war O.K.!

Plötzlich fiel ihr Blick auf den Gepäckanhänger und erstarrte: Das war eindeutig eine fremde Anschrift!

Mit zittrigen Händen hielt sie sich die Adresse unter die Augen. „Evelyn Stern" stand da, und eine Adresse im Münchner Großraum! Rosalie war fassungslos.

Halt! Da war auch eine Telefonnummer!
Rosalie überwand ihre Schockstarre und wählte beherzt. Es meldete sich niemand und es gab auch keinen Anrufbeantworter.

Was tun? In ihrem Kopf wirbelte alles durcheinander. Natürlich hatte sie einen falschen Koffer mitgenommen! – Die gleiche Marke und Farbe! – „Und m e i n Koffer?" Hatte ihn auch jemand irrtümlich mitgenommen? Stand er noch herrenlos am Flughafen herum? Hatte er schon den Sicherheitsdienst mobilisiert?

Sie sprang auf. Keine Zeit zu versäumen! Mit dem gleichen Koffer – den gleichen Weg zurück zum Flughafen! Am Schalter *Verlorenes Gepäck* schilderte sie einer Angestellten ihr Missgeschick. Ja, eine ‚Evelyn Stern' hatte ihren Koffer als vermisst gemeldet.

Ein kurzes Telefonat der Angestellten und ein zweiter roter Trolley wurde gebracht: Rosalies!

Noch ein Telefonanruf der freundlichen Angestellten und diesmal klappte es. „Frau Stern, Ihr Koffer ist wieder da!", hörte Rosalie sie sagen.

Das war dann doch ein „Happy End"! Rosalie bezahlte die Zustellungsgebühr für Frau Sterns Koffer und zog erleichtert mit ihrem eigenen von dannen.

Das Rad der Zeit

Benno erwachte in der Morgendämmerung vom Vogelgezwitscher. Das Fenster war wie immer weit geöffnet. „Die machen einen Lärm!" dachte Benno unwirsch und blickte auf seinen Wecker. „Aufstehen!" beschloss er, denn noch mal einzuschlafen lohnte sich nicht.

Er bereitete die Kaffeemaschine vor und schaltete sie ein bevor er ins Bad ging. Dann schloss er die Haustüre auf. Tatsächlich lag die Zeitung schon auf dem Schuhabstreifer. Benno sah den Austräger noch um die Ecke huschen.

„He, Sie müssen sich geirrt haben, das ist die Zeitung von gestern!", schrie er dem Mann nach. Der drehte sich um und beteuerte: „Nein, nein, das hat schon seine Richtigkeit, lesen Sie bitte den gelben Beilagezettel!"

„Ha, das ist nicht Ihr Ernst. Sie wollen wohl Ihr Altpapier loswerden?", empörte sich Benno. „Befehl von ganz oben! Heute wird die Zeit gestoppt! Für alle, die gestern unzufrieden mit ihrem Tagewerk waren! Für diejenigen, die sagen, ‚würde ich anders machen, wenn ich noch mal könnte!', dass sie eine erneute Chance bekommen!", erklärte der Zeitungsmann.

„Was soll der Schmarrn?", giftete Benno.

„Nehmen Sie es nicht so tragisch!", riet der Andere grinsend. „Das Gute ist: Wenn Sie gestern die Zeitung gründlich gelesen haben, können Sie heute diese Zeit für etwas anderes nutzen! Jetzt muss ich aber weiter! Wenn ich mit jedem so lange diskutiere, werde ich heute nie fertig!"

Kopfschüttelnd kehrte Benno zu seiner Kaffeemaschine zurück Er war ganz verwirrt und aus dem Konzept gebracht. Mit seinen Gedanken war er bald beim „HEUTE" und bald beim „MORGEN". Die Tage waren immer so verplant! „GESTERN"? Was war eigentlich gestern gewesen? "Gestern" lag schon in der großen Ablage „VERGANGENHEIT"!

Erschrocken zuckte Benno zusammen, als er bemerkte, dass er mit dem Kugelschreiber, den er eigentlich für die Zeitungsrätsel zurechtgelegt hatte, in Gedanken versunken den Kaffee umrührte. Verärgert über seine Zerstreutheit blickte er auf die Uhr. Er musste sich beeilen um noch den Bus zur Arbeit zu bekommen.

Zugegeben: Die Geschichte ist erfunden.
Wie soll man sonst über Das Rad der Zeit reden, wenn nicht in einer kleinen Geschichte?

Erinnerungspuzzle: Donau-Radweg

Meine Freundin Marion und ich liebten das Radeln. 1987 hörten wir erstmals vom Donau-Radweg von Passau nach Wien, der damals noch nicht so touristisch erschlossen und bekannt war.

Wir waren keine Sportskanonen und hatten nur einfache Dreigang-Fahrräder, aber wir wollten es wagen.

Leider führte ich kein Tagebuch, aber mir sind viele Erinnerungen wie Puzzle-Teile erhalten geblieben.

Anfang August ging es los. Bis Passau fuhren wir mit dem Zug. Die Jugendherberge dort war unser erstes Ziel. Schieben war angesagt, denn es ging von der Stadt einen ziemlich hohen Berg hinauf. Die erste Frage des Herbergsvaters war, ob wir angemeldet seien. Wir verneinten. Da demonstrierte er seine Macht. Es müsse uns schon klar sein, dass er uns wieder wegschicken müsse, falls kein Platz mehr wäre! – Doch wir hatten Glück und es gab noch zwei freie Betten.

Der Donau-Radweg war gut ausgeschildert und führte immer in nächster Nähe der Donau entlang durch Naturauen, abseits von verkehrsreichen Straßen.

Ein rot-weiß gestreifter Schlagbaum am Wegrand markierte die Grenze zu Österreich. G r e n z ü b e r g a n g !

Wir erinnerten uns an unsere Ausweise. Die mussten jetzt vorgezeigt werden! Wir hatten ein etwas mulmiges Gefühl: Wir betraten jetzt A u s l a n d ! Aber da war nichts! Keine Uniform zu sehen! Niemand fragte uns nach unseren Papieren! Im Weiterfahren drehten wir uns nochmal ungläubig um. Zu einfach war das! Waren wir keiner Beachtung wert?

Aber das Wetter wollte, obwohl der August als der heißeste Monat gilt, nicht mitspielen. Es regnete jeden Tag. Wir hatten glücklicherweise unsere Sachen in den Satteltaschen noch mal in Plastiktüten verpackt, dennoch fühlte sich alles klamm an. Jeden Abend legten wir in den Quartieren unsere Klamotten zum Trocknen aus, dass nichts zu muffeln anfing. Wir ließen uns aber die Freude am Radeln nicht verderben.

Die ersten zwei Tage fuhren wir bis zum Abend drauf los und suchten uns dann Quartier. Am dritten Tag erreichten wir in der Abenddämmerung einen kleinen Ort. Wieder Nieselregen. Die zwei Herbergen waren schon belegt. Eine barmherzige Frau nahm uns schließlich auf und überließ uns ihr Schlafzimmer.

Gleich am nächsten Tag beschlossen wir mehr Planung. Wir kauften ein kleines Buch über den Radweg mit Adressen von den Fremdenverkehrsämtern. Mittags überlegten wir unser Endziel und reservierten telefonisch eine Unterkunft.

Nach einer Woche erreichten wir:
WIEN!

Bei meinen Großeltern waren zur Kriegszeit monatelang zwei österreichische Soldaten einquartiert gewesen. Aus dieser Zwangssituation hatte sich eine Freundschaft entwickelt, die lebenslang hielt. Diese beiden Veteranen lebten nun mit ihren Familien in Klosterneuburg bei Wien. Dort waren wir angemeldet und wurden sehr herzlich aufgenommen.

In Wien holte uns dann endlich der Sommer ein. Das warme Wetter waren wir gar nicht mehr gewohnt und die Stadttage wurden für uns anstrengender als das Radeln.

Da standen wir zwei Mädchen nun in einer Weltstadt und wussten nicht ein noch aus. Wir hatten einen riesigen Stadtplan, aber der verwirrte uns noch mehr. Da kam uns ein älterer Herr zu Hilfe. Er erklärte uns, welche Fahrkarten wir wohin brauchten und gab uns gute Tipps.

Wir ließen Wien hinter uns und radelten noch zum Neusiedler See. Am See fanden wir eine Jugendherberge. Die nette Herbergsmutter zeigte uns einen großen, leeren Schlafsaal. Wir waren die Ersten! Aber es wurde nichts mit freier Bettenwahl! Die Betten wurden uns zugewiesen, und auch der Platz für die Hausschuhe, *zwecks besserer Übersicht!!!*

In Klosterneuburg hatte man uns mit reichlich Proviant versorgt. Noch heute habe ich es in den Ohren: „Mädels, esst doch noch!", und das, wenn wir schon mehr als satt waren.

Nun konnten wir glücklich mit unseren Vorräten auftischen, denn eine Gruppe junger, hungriger Schweizerinnen war eingetroffen und wir hatten eine vergnügte „Wiener Jause" zusammen. Sie spendierten zum Abschluss Schweizer Schokolade, und das war herrlich.

Zurück nach Wien.

Wir hatten beschlossen, dass wir die Rückreise mit einem Donauschiff machen wollten. Das war prima. Wir konnten unseren Radweg teilweise zurückverfolgen und unsere Erinnerungen Revue passieren lassen.

Für den letzten Teil der Heimreise verluden wir die Räder und uns in den Zug. Das allerletzte Stück wollten wir dann – wie siegreiche Heimkehrer – wieder mit Fahrrad zurücklegen.

Pech gehabt! Die Bahn hatte übersehen, dass unsere Räder beim letzten Zugwechsel ebenfalls hätten umgeladen werden müssen, und so standen wir ohne auf dem Bahnhof.

Wir telefonierten nach Hause und unsere Familien hatten uns bald wieder.

Unsere Räder konnten wir am nächsten Tag abholen.

Kalender-Zahlen

Eine helle, vom Vollmond beschienene Nacht,
da haben die Zahlen des Tages-Abreißkalenders
plötzlich laut gedacht:

Die Zahl „30" ärgerte sich:
„Immer muss ich am Ende des Monats sein,
ich will mich auch mal vorne einreih'n!"
Es gab eine kleine Meuterei,
erst die Fünf, die Sechs und Sieben,
dann purzelten alle Zahlen durcheinander
und keine ist mehr am Platz geblieben!

Die Tage danach brach Verwirrung aus
bei Familie Claus,
in der Umgebung und im Haus!

Der Chef sprach:
„Nein, Ihre Gehaltserhöhung ist nicht vergessen!
Nach meinem Ermessen,
wie abgesprochen
erst in zwei Wochen!

Die Arzthelferin energisch:
„Sie sind heut nicht dran;
nächste Woche fängt Ihre Behandlung an!

Schluchzend stammelt das Kind die Worte:
„Habt ihr vergessen meine Geburtstagstorte?"

Frau Claus beleidigt:
„Liebster, ist es mit unserer Liebe aus?
Sonst gab es doch zum Hochzeitstag
einen Strauß!"

Den Zahlen tat die Verwirrung leid,
und sie waren zur alten Ordnung bereit!

Die Moral von der Geschicht:
Ohne Ordnung geht das nicht!
Kalender sind wie eine Leiter,
und ohne sie geht gar nichts weiter.

Hebammensätze

Vor vielen Jahren durfte ich einmal im badischen
Beckstein bei der Weinlese helfen. Das war eine ganz
neue Erfahrung für mich! Eine ältere Frau arbeitete an
meiner Seite und wies mich geduldig ein.

*„Mädle, die Träubel musst du ehrfürschtisch
anpacke, nit wie e Wurscht!"*

Es gibt Sätze, die vergisst man nie. Sie begleiten uns
nicht nur, sie bringen etwas in uns zum Leben – und
das bleibt.

Die Frau war in ihrem Beruf Hebamme gewesen und das
mit der „Ehrfurcht" war für sie kein billiges Wort, das
merkte ich.

Die Woche im Weinberg wurde für mich ein
Schlüsselerlebnis – auch wegen Maria, der Freundin, die
mich eingeladen hatte.

Ihre Mutter war früh gestorben und der Vater hatte sich
all die Jahre allein um Kinder, Hof und Weinberg
gekümmert. Nun arbeitete Maria unter der Woche im
gleichen Büro wie ich in Würzburg und an den
Wochenenden fuhr sie heim, um ihrer Familie zu helfen.

Heuer war bestes Weinlese-Wetter! Nachbarn, Freunde
und Verwandte halfen mit. Und abends gab es in der
warmen Stube ein fröhliches Fest für alle mit einem
guten Essen.

Geschenkpäckchen

Maria ließ es sich nicht nehmen und schenkte mir als Dankeschön eine blaue Keramikschale. Zu Hause hob ich sie im Schrank auf, denn sie war mir besonders kostbar. Neulich, als ich im Schrank etwas suchte, fand ich diese Schale wieder und Erinnerungen kamen hoch.

Was im Schrank ist, zerbricht nicht. Das Schicksal des Kaputtgehens ereilt immer die kostbaren Sachen. Die Tassen mit Sprung haben dann das ewige Leben.

Für meine Oma war es typisch, dass sie jedes Geschenk mit "sehr schön!" kommentierte, sorgfältig wieder einwickelte und im Schrank verstaute. Max, der Schwiegersohn, brachte ihr eines Tages einen Gartenliegestuhl mit und deklamierte:

„Wir wollten dir mal etwas schenken,
was du nicht kannst im Schrank versenken!"

Jetzt, die blaue Schale in der Hand, drehte ich den Vers um:

Entdeckst du was – im Schrank versenkt,
ist es dir erneut geschenkt!

Morgengedanken im Oktober

„Die Sonne selbst sieht man nicht, nur ihr Licht verleiht diesem Bild die nötige Helligkeit. Scheinbar übergangslos schließt sich das Blau des Wassers an das Bleu des wabernden Nebels, der einem die Sicht auf einen möglichen Horizont versperrt. Sachte pflügt sich das Boot durch den stillen Königssee und zieht dabei eine Spur im Wasser, die ausschaut, wie ein sich ausbreitender Schleier, der sich erst ganz weit hinten allmählich wieder auflöst. Auf dem Boot stehen dicht aneinander gedrängt 30 Kühe mit ihren beiden Begleitern.
Nach dem sommerlichen Aufenthalt auf den Almen werden sie wieder zurück auf ihre Höfe gebracht. Alles ist friedlich, alles ist ruhig. Selbst das Echo, das sonst zu hören ist, verhallt im Nebel …“

Was für ein Bild – mit Worten gemalt! Ich kann es mir bis in Details genau vorstellen.

Was für ein Kontrast zu den lauten Oktoberfestszenen, wie sie jetzt gleichzeitig in München ablaufen!

Ich liebe diese klaren, sonnigen Oktobertage! Die Blätter an den Bäumen werden täglich bunter, kräftiger, und segeln langsam zu Boden. Kinder und Hunde toben durchs raschelnde Laub. Kastanien und Nüsse werden gesammelt und die milde Sonne schickt goldenes Licht durchs Geäst.

Der Herbst rauscht an mit kaltem Wind, kündet den Winter an. „Schleich di!", befehle ich ihm insgeheim auf gut Bayrisch.

Ich liebe die sonnigen, klaren Oktobertage!

Fantasie-Leben

Wenn ich:

– ein Murmeltier wäre, läge ich eingerollt in einer Höhle, tief unter Schnee und Erde, Winterschlaf haltend, von blühenden Sommerwiesen träumend!

– ein Adler wäre, würde ich meine riesigen Fittiche ausbreiten und hoch am Himmel majestätisch kreisen!

– als Gämse in den Alpen lebte, würde ich flink mit meiner Sippe über alle Gipfel klettern, mit dem Gefühl: die Berge sind mein!

– als Delfin mein Dasein hätte, würde ich mich an meiner Sprungkraft erfreuen und zusammen mit meinen Gefährten die Unendlichkeit des Meeres ermessen!

– eine Afrikanerin wäre, trüge ich leuchtend bunte Gewänder und liefe mit einem Krug auf dem Kopf zum nächsten Brunnen!

– eine Eskimofrau wäre, würde ich in einem Iglu wohnen und bei klirrender Kälte, in Pelze gehüllt, mit einem Schlitten über das Eis ziehen!

– eine Nomadenbraut wäre, müsste ich mein Hab und Gut auf einem Kamelrücken verstauen und ich würde in brütender Wüstenhitze meiner Karawane hinterher traben!

Mir kommt dabei die Frage:

Wie hat der Schöpfer wohl bestimmt,

wo unsere Lebensräume sind?

Hat er abgezählt, bedacht,

was ein Leben glücklich macht?

„Fantasie ist wichtiger als Wissen,
denn Wissen ist begrenzt."
(Albert Einstein)

Kläglich muss ich gestehen,
dass mein Wissen recht begrenzt ist.
Aber es freut mich,
dass ein Genie wie Einstein
der Fantasie einen so großen Stellenwert gibt!

Winterreise mit der Bahn

Da wird mir wirklich Angst und bang!
Schnee und Eis die Straße lang!
Da jagt man keinen Hund hinaus!
Autofahren – Welch ein Graus!

Aber gestern fuhren Amalia und ich

durch den Winter mit der Bahn ! –
Das spricht meine Stimmung an!

Petrus hat – wie „Christo" – alles kunst-verpackt
und maßlos „weiße Folie" abgezwackt!
Über allem liegt eine unendliche Ruh –
fasziniert klappe ich mein Buch wieder zu.

Es ist nicht viel Lebendiges zu sehen:
Zwei Langläufer nur die Runden drehen!

Ist das der Radweg bei der Bahn?
Dem sieht man keine Spur mehr an!

Sankt Ottilien!, – schnell vorbei,
die schöne Benedikt-Abtei!
,,Amalia, siehst du dort nicht
Andechs! – Da! – Im Sonnenlicht?
Die ‚Brezenwirtschaft‘, weißt du noch?
und auch die Kirche kennst du doch!“

Amalia lacht und hört mir zu.
Die Zeit verfliegt in einem Nu.
Und plötzlich der ersehnte Ruck!
Jetzt sind wir da! Fürs-ten-feld-bruck!

Wir steigen guter Laune aus
und finden gern zu Fuß nach Haus.

Auf meine ganz besondre Weise
genoss ich diese Winter-Reise!

Der Zeit-Besitzer

Letzte Woche im Supermarkt –

Ich hatte wieder einige Sachen mehr als geplant in meinen Einkaufswagen gepackt.

Zwischen dem Markt und dem Parkplatz gibt es eine höhere Stufe, die ich mit dem Einkaufswagen nicht bewältigen konnte. Ich ließ ihn für einen Augenblick stehen und lief die paar Meter zum Auto, um meine Plastikkiste zu holen. Ich warf einen Blick zurück. - Da stand doch einer an meinem Einkaufswagen! Nicht Vertrauen erweckend: schulterlanges, strähniges Haar, schlabberige Kleidung!
Ein Gammler und Penner!

Was machte der sich da zu schaffen? Ich beeilte mich und trat forsch heran.
Wäre nicht nötig gewesen.

Freundlich gab mir der Mann zu verstehen, er hätte mir helfen wollen, den Einkaufswagen über die Schwelle zu heben. Ich zeigte ihm meine Kiste. In seinem faltigen Gesicht standen zwei gütige, lebendige Augen.

Er ließ es sich nicht nehmen, mit mir zusammen den Einkauf umzuladen. Lächelnd erklärte er:

„Wissen Sie, ich gehöre zu den wenigen Menschen, die
v i e l Zeit besitzen, früher war das anders!"

Ich bedankte mich für seine Hilfe und er schlenderte mit
seiner Stofftasche weiter.

Da stand ich nun und schaute ihm nach, dem müßigen
Zeitbesitzer! Es beschämte mich, dass ich ihm zugetraut
hatte, er könnte so ein verschlagener Streuner sein, der
Gelegenheiten sucht für eine leichte Beute. Sein Äußeres
hatte mich zu einem ungerechten Vorurteil verführt!
Vielleicht war er wirklich bedürftig – oder einsam – oder
beides? Wer weiß?

„Man sieht nur mit dem Herzen gut, das
Wesentliche ist für die Augen unsichtbar!"

Dieser Satz von Antoine de Saint-Exupéry ist mir seit
Kindertagen geläufig –
– geläufig schon –
– aber nicht immer präsent!

Tiere willkommen!

Ich habe diese Einladung bei der Deutchen Bundesbahn zwar noch nicht gelesen, aber ich gehe doch davon aus, dass sie es so meint.

Spontan entschloss ich mich, in den Weihnachtsferien mit Balou (4 Monate) meiner Familie nach Unterfranken mit der Bahn nachzureisen. Wie alle Jahre waren mein Mann und die Mädchen zu den Großeltern gefahren – mit dem Auto – und ich sollte diesmal, dem Hund zuliebe, zu Hause bleiben. Das war mir ja auch ganz recht gewesen, aber jetzt fühlte ich mich doch verlassen.

Plötzlich stellte ich mir vor, wie es wäre, wenn ich sie alle überraschen würde – mit Balou! So ein Spaß! Gesagt – getan.

Umsichtig wollte ich schon am Tag vor der Reise die Fahrkarte(n) besorgen. Die Angestellte in der DB-Agentur machte mich freundlich auf die Bestimmung aufmerksam: „Hunde bis zu Katzengröße sind frei!".

Sie musterte meinen Hund. Er war ja noch nicht groß für einen Golden Retriever, aber wie groß können eigentlich Katzen werden? Ein Mann hinter mir raunte: „Tiger sind auch Katzen!" Schließlich entschied die Beamtin: „Ich gebe Ihnen jetzt eine Fahrkarte für eine Person; was mit dem Hund ist, liegt im Ermessen des Schaffners!"
– Ein weiser Bescheid!

Anderntags sitze ich wirklich mit meinem Hund im Zug.
Es lässt sich gut an. Balou liegt zu meinen Füßen und schläft.
Auch ich döse vor mich hin. Katzen dürfen also mitreisen?
Sind willkommen bei der Bahn? Sind F a h r - G ä s t e ! „Tiger
sind auch Katzen!", hatte der Mann gestern bemerkt! Ich
stelle mir die Gastfreundlichkeit der Bahn vor:

Der Zirkus bestellt und reserviert einen Waggon für seine ‚Stars in
der Manege' mit direkter Verbindung zum Speisewagen. Natürlich
ein geschlossenes Abteil – ohne Durchgang! Die Sitze sind in
Schutzhüllen verpackt. An einem Vierertisch sitzen die Löwen, am
andern die Tiger. Auf den Tischen liegen blau-weiß -karierte
Servietten. Aus dem Lautsprecher kommt leise bayerische
Blasmusik. Der Dompteur ist der Ober. Er steht an
der Durchreiche zur Küche und bestellt für seine Herrschaften:
Acht Schweinshaxen, roh, nicht garniert! – acht Maß Wasser ohne
Kohlesäure! Manierlich und gemütlich speisen die
ungewöhnlichen Gäste, putzen sich am Ende die Pfoten und
das Maul mit den bayerischen Servietten, gähnen herzhaft
und fallen um zum Mittagsschlaf.

Der Film reißt ab.

Der Fahrkartenkontrolleur steht vor mir, prüft mein Ticket. –
„Und der Hund?" Das musste ja kommen. „Na ja", wage ich zu
verhandeln, „Katzengröße ist doch erlaubt? Vielleicht ein
klein bisschen größer?" Balous sanfter Hundeblick gibt dem
Beamten den Rest. Er lächelt sogar ein bisschen. „Nächstes
Mal nur mit Transportkiste!"

Damit bekomme ich mein Ticket zurück und er geht weiter.

Die Leichtigkeit des Seins

Dieses Wort geistert zur Zeit in meinem Kopf herum. Irgendwo muss ich es aufgeschnappt haben!

Zu den Meistern „der Leichtigkeit des Seins" zähle ich zum Beispiel die Schmetterlinge. Federleicht, ohne Ballast, segeln und flattern sie von Blüte zu Blüte. Was für ein Leben! In Farben und Düften schwelgen! Immer bestrebt, das Beste herauszuholen!

Ich denke an die possierlichen Eichhörnchen. Wie kleine Kobolde spitzen sie frech hinter einem Baumstamm hervor und nähert man sich, flugs sind sie weg! Mit akrobatischer Flinkheit flüchten sie in das Dickicht der Baumkronen! Ein Eichhörnchen als zahmes Haustierchen? Unvorstellbar, aber nett! Die Kinder könnten es mal streicheln und mit ihm ‚Verstecken' spielen!

Letztes Jahr, in London, im Hyde Park, konnten wir die handzahmen Eichhörnchen beobachten. Sie ließen die Kinder ganz nahe herankommen und nahmen Elisa die Erdnuss aus der Hand. Die Mädchen waren hingerissen.

Leichtigkeit des Seins erlebten wir auch am
Dienstag Abend.

Seit Anfang dieses Schuljahres besucht unsere Amalia eine
neue Schule mit Wohnheim in Holzhausen bei Landsberg
am Lech. Auf dem Weg zum ersten Elternabend der Schule
schauten wir kurz in Amalias Wohngruppe vorbei.

Alle Kinder waren im Wohnzimmer versammelt.
Sie hatten schon Schlafanzüge an, waren frisch geduscht
und die Haare glänzten. Amalia, in bester Stimmung, gab
gerade „eine Runde Gummibärchen" aus!

Sie hat sich überraschend schnell gut eingewöhnt und ihren
Platz dort in der Gemeinschaft gefunden.

Das zeigte sich auch, als wir Amalia am letzten Wochenende
abholten. Sie freute sich sehr. Aber am Sonntag Nachmittag
wurde sie unruhig und deutete immer wieder auf die Uhr:
„Lasst uns fahren!", hieß das, denn Amalia kann ja nicht
sprechen.

Wir sind dankbar, dass Amalia der Stups aus dem heimischen
Nest nicht schadet und dass sie unbefangen auf ihr neues
Leben zugeht.

Ja, auch da begegnet uns die
Leichtigkeit des Seins

LA ALHAMBRA - Granada

Berg der Paläste östlicher Herrscher der Maurenzeit.

Zum Beispiel der Nasridenpalast:
Beeindruckend der Baustil: nichts Prunkhaftes,
Wuchtiges, dagegen runde Bögen, Hufeisenformen,
feinste Ornamente, kunstvollste Holzdecken, teilweise
mit Gold verziert und bunt gemusterte Keramikfliesen.

Die Baumeister müssen Meister der Leichtigkeit des
Seins gewesen sein!

Ein Höhepunkt des Nasridenpalastes: der Löwenhof!
Löwen, aus Stein gehauen umgeben den Brunnen.
– Löwen: Könige der Tiere. Symbole der Unbesiegbarkeit!

Alhambra: Großer Touristenmagnet! Gut organisiert!
Nur eine bestimmte Anzahl Personen darf zur gleichen
Zeit die Paläste besuchen. Die Menschenmassen
verlaufen sich in dem riesigen Gelände.

Staunend durchstreifen wir den Berg.

Sonne! Hitze! Hin und wieder sind wir dankbar für
Bäume und Sträucher, die Schatten spenden! Schlucke
aus der Wasserflasche laben!

Wasser spielte damals auch eine wichtige Rolle.
Viele Baderäume in den Palästen!
Ein Teich vor dem Palast spiegelt und lässt alles größer wirken.

Auch in den wunderschönen Gärten des Generalifes: Wasserspiele - wieder in runden Bogenformen - und sogar eine Wasser-Treppe.

Ein Tagesausflug in das Märchen „Tausend-und-eine-Nacht"!

Für unsere Familie das schönste Erlebnis des Andalusien- Urlaubs!

Amalia zeigt immer wieder auch zu Hause im Reiseführer auf die Bilder der Alhambra und lächelt glücklich.

Alhambra, ich werde dich tief in der Schatzkiste meiner köstlichsten Erinnerungen aufbewahren!

Inmitten von Mitmenschen

„Ich sehe Menschen gern, das ist mein Hobby!"

Diesen Satz sagt Phil Bosmans, ein großer flämischer Menschenfreund. Er hätte seine Freude gehabt, so viele Menschen gleichzeitig zu sehen, wenn er mit uns im Andalusien-Urlaub gewesen wäre!

Wir hatten ein großes Hotel in der Nähe Malagas, direkt am Strand, gewählt. Im Speisesaal traf man sie, die internationalen Gäste aus–aller–Herren–Länder. Interessiert lauschten Jürgen und ich den Sprachfetzen, die man oft schwer zuordnen konnte: Russisch? Flämisch? Tschechisch???

Lachend behauptete mein Mann einmal beim Frühstück: „Heute sind viele Franzosen da; die haben sich gleich die Müslischalen für den Kaffee genommen statt der kleinen Tassen!"

Es gab nie Konflikte. Es hätte auch keinen Anlass zu Futterneid gegeben! Ein Heer von Hotelangestellten wuselte wie Ameisen herum, um Platten beim Buffet nachzufüllen, Getränke zu besorgen, Geschirr wegzuräumen oder nachzubringen.

Noch quirliger insgesamt wurde es am Wochenende. Bei Temperaturen bis 35° im Landesinnern wollte auch die einheimische Bevölkerung mit Kind und Kegel mal ein Wochenende am Meer verbringen. Da sah der kleine Strand vor dem Hotel schon eher nach Heringsdose aus: Sonnenschirm an Sonnenschirm, Liegestuhl an Liegestuhl und dazwischen noch Kinder, die auf ihre Weise ihren Spaß suchten. Ich schaute mich um, wo denn der Strandwächter mit dem Megaphon sei, der in regelmäßigen Abständen das Kommando (mehrsprachig natürlich) geben würde: „Jetzt alle nach rechts drehen!"

Am Pool war es erträglicher. Da konnte es sein, dass man in der *Menge* noch *Menschen* fand.

Einmal wollte Amalia aus ihrem Liegestuhl. Sie kämpfte sich hoch, verlor aber das Gleichgewicht und plumpste auf den Nachbarstuhl, auf den Schoß eines älteren Herrn. O, sagte der gut gelaunt auf Englisch, es sei schon lange her, seit eine junge Lady auf seinem Schoß gesessen hätte!

Und Elisa erhielt von einem Belgier, der uns wohl schon lange zugesehen hatte, ein hohes Lob: Sie sei die liebevollste Schwester, die die man sich vorstellen könnte.

Immer wieder traten einzelne Persönlichkeiten in unser Blickfeld und auch wir wurden irgendwie von anderen wohlwollend wahrgenommen.

Mit Phil Bosmans schließe ich:

„Ich glaube an das Gute im Menschen, so wie ich an den Frühling glaube, wenn ich die Weidenkätzchen sehe."

Meerestiefen und Menschenherzen

Meine Spanisch-Lehrerin erwähnte neulich,
„Glühwürmchen" sei ihr Lieblingswort im Deutschen!
Ja, diese Tierchen finde ich faszinierend - ein leuchtendes
Insekt! Wunderbar ist doch alles, was hell macht:
Kerzenlicht, Sterne am Abendhimmel, ein Morgenrot, ein
erleuchtetes Fenster in der Nacht! Der leuchtende Globus,
den ich als Kind bekam!

Und der Mond!

Wir erlebten Vollmond bei unserem Andalusien-Urlaub
auf dem Balkon unseres Hotelzimmers im 11. Stock. Wir
hatten einen wunderbaren Blick auf das Meer. Wie eine
Riesenlampe hing der Mond über dem Wasser und
erhellte die Nacht. Wir mussten die Vorhänge zuziehen,
damit die Mädchen ungestört schlafen konnten.

Jürgen und ich aber saßen draußen auf dem Balkon und
genossen das Spiel der Wellen mit dem Licht.

Auf der Oberfläche des Meeres spiegelte sich das
Mondlicht. Die Silberstreifen in Breite einer Straße
zogen sich vom Horizont bis zu unserem kleinen
Strand vor dem Hotel!

Das Meer - wie mit einer schwarzen Folie überzogen -
blieb geheimnisvoll dunkel und still. Leise
Wellenschläge - die Stimme des Meeres-. Wir konnten
sie nicht verstehen.

Ob das Leben im Meer jetzt auch schlafen gegangen
war?

Gerne hätte ich mehr erfahren von dem Leben, das in
Wassertiefen verborgen war. Tauchen lernen? Nichts
für mich. Allein schon beim Gedanken daran bekomme
ich einen unangenehmen Ohrendruck!

In meiner Kartensammlung gibt es den Spruch

„Meeresboden und Menschenherzen sind
unergründlich".

Ich betrachtete das nächtliche Meer und grübelte:

Unergründlich?

Und viele Gesichter tauchten in meinem Innern auf.

Unergründlich?

Wiesengespräch

Auf einer Wiese beobachteten eine Schnake und eine Zecke einen Schmetterling und fingen an zu spotten:

,,Was bist du für ein seltsamer Gaukler?
Segelst von Blume zu Blume,
bunt wie ein Papagei!
Wenigstens machst du dabei kein
Geschrei!"

Der Schmetterling drauf:

,,Und ihr?
Was seid ihr für komische Tiere?
Vampire?
Wozu wollt ihr denn eigentlich taugen?
Nur anderem Leben Blut absaugen?
Meine Farben erfreuen Menschenherzen,
Ihr dagegen macht nur Schmerzen!

Die Schnake und die Zecke haben sich
daraufhin etwas versteckt.

Aber eigentlich ließ sie diese Kritik völlig kalt:
Stecher! Beißer! – sind sie halt!

Eine seltsame Unterhaltung

An einem lauen Sommerabend saß ich im Liegestuhl auf der
Terrasse und war in ein Buch vertieft.
„Was liest du da?", hörte ich plötzlich eine Stimme.
Erschrocken zuckte ich zusammen und schaute hoch.
Niemand war zu sehen. Doch im Dämmerlicht erkannte ich
auf der Stuhllehne neben mir einen Papagei.
Ein Papagei, der richtig sprechen konnte?!

Der plapperte weiter: Er würde sich immer wundern
über die lesenden Menschen. Und dann berichtete er, wie es
ihm gelungen sei, zu entfliehen. Zu später Abendstunde aber
wolle er wieder zurück sein. Es sei sicherer, bei einem
gefüllten Futternapf und geschützt vor grässlichen Katzen zu
schlafen.

Ich unterbrach seinen Redeschwall, um seine Sprach-
gewandtheit zu loben. Unbeirrt fuhr er fort: Heute sei der
Geburtstag von Wolfgang Amadeus Mozart. Immer wenn
dieser Tag auf einen Sonntag falle, sei allen Papageien an
diesem einen Abend die Gabe der Sprache beschieden.
„Wieso?", unterbrach ich ihn. Er machte eine kurze Pause
und fuhr unbeirrt fort.

Eine lange Geschichte:

Ein Nachbar von Familie Mozart sei Seefahrer gewesen.

Der habe einige seiner Ur-Vorfahren aus Südamerika nach Salzburg mitgebracht. Das müsste um die Zeit gewesen sein, als Mozart an seiner „Zauberflöte" saß.

An einem Sommertag sei der Komponist an seinem Schreibsekretär gesessen, das Fenster weit geöffnet, habe den Vögeln in den Bäumen gelauscht und auf eine Inspiration für den „Papageno" gewartet.

Sein Urahn im Haus gegenüber habe wohl den Mann am offenen Fenster beobachtet, habe ihm einen Besuch abstatten wollen und - sicher um dem einsamen Mann zu imponieren - sein Gefieder aufgeplustert, den Kopf schief gelegt und aus Leibeskräften „gesungen".

Der Meister habe einen Lachanfall bekommen und eine Papierkugel nach ihm geworfen. „Hör auf mit dem Gekrächze! Das ist doch kein Gesang! Ich brauche einen Papageno, der singt!", habe er geschimpft. „Du bist bloß ein –, ein –, ein – Papagei!"

„Papa-gei, Papa-gei, Papa-gei!" habe der Urahn in einem fort geschnarrt und sei davongeflogen. So seien seine Ahnen und auch er zu ihrem Stammnamen gekommen, schloss der Vogel auf der Stuhllehne.

„Aber warum kannst du nur diese Nacht sprechen?", wollte ich noch wissen.

„Ist halt so!", antwortete er, hielt den Kopf schräg und äugte in den Himmel. „Vielleicht ein Geschenk von da?"

Da raschelte was am Zaun. Nepomuk, der freche, grau getigerte Kater mit seinen vier weißen Pfoten streckte neugierig den Kopf aus dem Gebüsch.

Da schlugen ein Paar Flügel. „Ääääh," kreischte ein Vogel und der Papagei war weg.

Mit einem Ruck wachte ich auf. Es war Nacht geworden. Ich hob mein Buch auf, das mir heruntergerutscht war.

War da nicht eine Vogelfeder? Ich steckte sie als Lesezeichen in mein Buch, sagte dem Kater „Gute Nacht!" und mit einem Papagei im Kopf zog ich mich ins Haus zurück.

Zwei Paar Schuh'

Mein Vater spielt begeistert seine Geige in einem kleinen Orchester. Der Dirigent, ehemaliger Chefarzt, ist ein Über-Achtziger, aber das sieht ihm keiner an.

Bei seinen Konzerten trägt er immer einen modischen Seidenanzug und dazu Schuhe in zweierlei Farben. Letztes Mal einen roten und einen weißen.

Mein Mann findet das perfekt: „Dann hat er daheim immer ein Ersatz-Paar!"

Ob verschiedene Schuhe beim Dirigieren hilfreich sind, weiß ich nicht. Aber sicher eine gute Orientierungshilfe für Menschen mit Links-Rechts-Problemen. Zum Beispiel beim Autofahren – zum Unterscheiden von Kupplungs- und Gaspedal!

Den Dirigenten kenne ich schon seit Kindertagen! Er spielt auch schon lange genial die Orgel in der Kirche. Ob er das, was er spielt, auch singen kann, das weiß ich nicht.

   „Zwei Paar Schuh'?"

Ich zum Beispiel singe viel und gerne. Ob es den andern immer gefällt, das weiß ich nicht.

   „?"

Öfter denke ich noch an unser schönes Chor-Wochenende in Niederalteich zurück.

Unsere temperamentvolle Chorleiterin schaffte es wie immer, viel aus uns „heraus zu holen" und sie prägte uns ein: „Wenn man beim Singen nicht sein Herz dahinter klemmt - klingt es nicht!"

„?"

„W e n n !"
Da ist es wieder, das Prinzip von „zwei Paar Schuh'"

Meine Oma, die fast immer ein passendes Wort auf Lager hatte, sagte auch:

„Wenn zwei das Gleiche tun, ist es noch lange nicht dasselbe!",

oder eben:

„Das sind halt zwei Paar Schuh'! "

Und so machte sie den Unterschied deutlich zwischen Sein und Schein, Wollen und Sollen, Wort und Tat.

O mein Papa

O mein Papa ist ein bewegter Mann
und auch ein Lebenskünstler!

Er ist kein Sumo-Ringer
aber ein Gipfel-Bezwinger!
Er war begeisterter Bergfan rund um um Saas-Fee
und Schi-Held mit Gustl im Pulverschnee.

O mein Papa ist ein bewegter Mann
und auch ein Lebenskünstler!

Pilgern ist seine große Leidenschaft,
Santiago de Compostella hat er geschafft,
führte Pilgergruppen, war Herbergsvater auf Zeit,
und als Vize der Jakobus-Gesellschaft zu Diensten bereit!

O mein Papa ist ein bewegter Mann
und auch ein Lebenskünstler!
Musik ist in sein Herz geschrieben!
Ist mit seiner Geige der Kammermusik treu geblieben!
Mit seinem klingenden Tenor
war er der Star vom Kirchenchor.

O mein Papa ist ein bewegter Mann
und auch ein Lebenskünstler!

Einst Fahrten mit Kadett und Zelt,
jetzt Flüge in die weite Welt
Die Enkeltöchter, stets willkommen,
werden einfach nach Italien mitgenommen!

O mein Papa ist ein bewegter Mann
und auch ein Lebenskünstler!

Wenn einer so viele Hobbys hat,
der wird doch nie des Lebens satt!
Heut ist er 80 Jahre jung,
– bis 100 nur ein Katzensprung!

O mein Papa ist ein bewegter Mann
und auch ein Lebenskünstler!

Hab weiter Saft und Sprit im Tank!
Schön, dass du da bist! Gott sei Dank!

Mein Lied zu Papas 80. Geburtstag

Die Ausreißerin

„Das Leben ist schön!", dachte ich mir, als ich ausgestreckt am Nordseestrand lag, in den tief blauen Himmel über mir blinzelte und dem Kreisen der Möwen zusah.

Ich setzte ich mich auf, um den Ausblick auf die Weite des Meeres zu genießen. Vor mir dehnte sich der lange, weiße Sandstrand aus. Nur ab und zu kamen einzelne Jogger vorbei. Gleichmäßig rauschte das Meer.

Plötzlich sah ich zwei Polizisten. Sie kamen zu meiner Verwunderung direkt auf mich zu, ließen sich rechts und links von mir nieder und sprachen mich mit meinem Namen an. Dann stellten sie viele Fragen. Einer der Beamten hatte ein Notizbuch aufgeschlagen und notierte eifrig mit.

Wie lange ich schon hier wäre? Ob mir bewusst wäre, dass ich mich ohne Abmelden von zu Hause entfernt hätte? Es wäre schwer gewesen, meinen Aufenthaltsort zu ermitteln. Selbstverständlich müsste ich die Kosten tragen. Dann drohe mir noch eine Strafe wegen Unterlassung meiner Fürsorgepflicht gegenüber meiner zwei minderjährigen Kinder nach BGB, § soundso.

Da ertönte ein langer Surr-Ton. Das Handy von einem der Beamten?

Irrtum! – Der Ton stammte nicht von einem Handy, sondern von unserem Wecker!

Leider – oder zum Glück(?) – lag ich nicht am Nordseestrand, sondern im heimischen Schlafzimmer! Amalia zog mir wie immer die Bettdecke weg. Die Morgenpflichten riefen! Mühsam sortierte ich in meinem Kopf Traum und Wirklichkeit.

Seltsam! Irgendwie wollte mir das heute gar nicht gelingen. Was sollten bloß die Polizisten in meinem Traum? Und die glückliche Erinnerung an das Meer! Wie passte das zusammen?

Beim Frühstück sagte mein Mann, ich sähe heute so gebräunt aus! Fast verschluckte ich mich an meinem Kaffee! Meinen abwegigen Traum wollte ich ihm heute lieber nicht erzählen!

Elisa bettelte leise um einen zusätzlichen Euro für den Schulhof-Kiosk. Sie bekam ihn einfach. Meine Fürsorgepflicht!!! Amalia hielt mir beim Abschied vor dem Einsteigen in den Schulbus ihre Wange hin für einen

Abschiedskuss. Warum war sie heute so anhänglich?

Kaum waren alle aus dem Haus, klingelte es. Ein Mann vom Paketdienst stand vor der Tür. „Wie gut dass Sie da sind! Würden Sie ein Paket für den Nachbarn annehmen?"

Das kurze Gespräch und der Gedanke an den Nachbarn machten mich wacher. Langsam kam ich wieder bei mir selber an.

Beim Blumengießen sah ich „Zeugen Jehovas" in unsere Straße einbiegen. „Ich bin gerade an der Nordsee!", sagte ich mir und ignorierte ihr Klingeln an der Haustür.

Langsam lösten sich die letzten Traumfetzen in meinem Kopf auf und ich hörte auf zu grübeln.

„Träume sind Schäume"
– auch so ein Sprichwort von meiner Oma.

Ich konzentrierte mich bewusst auf mein Tagespensum und begann wieder, eine brave Mama zu sein, die nie ohne Erlaubnis von zu Hause wegläuft.

Stillstand

Was das ist, erfuhren Jürgen und ich auf drastische Weise.

Wir wollten wieder einmal ins Allgäu. Das Wetter versprach einen herrlichen Tag. Also, rein ins Auto und los!

Auf der Autobahn Richtung Landsberg leuchtete plötzlich eine Warnleuchte auf: Der Motor! Und da dampfte es auch schon!

Jürgen schaffte es noch bis zur Notrufsäule. Wir schnappten uns schnell die Gelben Westen und stellten das Warndreieck auf. Eine Stunde mussten wir auf die „Gelben Engel" vom ADAC warten. Sie brachten uns im Schlepptau bis zur nächsten Werkstatt.

Mit dem Kühlwassersystem war etwas nicht in Ordnung.

Die Japaner hatten in unseren Toyota ihre Devise eingeprägt: „Arbeiten" (hier „Fahren") „bis zum Stillstand!" Was damit gemeint ist, weiß jeder.

„Stillstand" hört sich nicht gut an, ist eigentlich tödlich.

Fast überall.

Wenn sich nichts mehr bewegt, geht das Feuer aus.

Auch in der Kirche.

Der neue Papst Franziskus bringt Bewegung und neuen Wind ins katholische Kirchenschiff! Das tut gut!

Meine Familie gehört der christlichen Gemeinschaft „Sant Egidio" an, die sich 1968 in Rom klein gründete und heute weltweit vieles zum Guten bewegt.

Unserem Familienboss ist es immer ein großes Anliegen:

„Es muss etwas geschehen!"

Und unsere Familiendevise heißt:

„Es geht immer weiter. Irgendwie ..."

Nur kein Stillstand!

Meine Familie

In der Mitte Elisa (15) mit Balou,
rechts vor mir Amalia (13),
links Jürgen, der „Familienboss".

Herbst 2013

Die Liebe der Mutter
zu ihren Kindern
ist eine Brücke
zu allem Guten:
Im Leben und
in der Ewigkeit.

türkisches Sprichwort

für

Elisa und Amalia